Couverture : Séquence bleu, sérigraphie, 50 x 65 cm, 2000

N O Ë L

PASQUIER

PRÉFACE/FOREWORD/PREFACIO :

MARCELIN PLEYNET

TEXTE/TEXT/TEXTO :

JEAN-LUC CHALUMEAU

PIERRE RESTANY

MICHEL TOURNIER

FRAGMENTS

EDITIONS

Avant-propos

C'est pour le Groupe Monceau une chance d'avoir rencontré Noël Pasquier et de s'être associé à la préparation et à l'édition de cet ouvrage consacré à ses œuvres. Les raisons en sont multiples.

Tous ceux qui connaissent cet artiste apprécient sa riche personnalité, ses qualités de cœur, son ouverture d'esprit. Noël Pasquier a des valeurs. Des valeurs partagées par l'ensemble des élus des mutuelles d'assurances associées du Groupe Monceau et par leurs sociétaires.

Ils estiment et admirent ses dons de coloriste et de plasticien, son sens du volume et du rythme, la sûreté de son dessin ; sa gamme comporte des bleus d'une profondeur inégalable.
Noël Pasquier n'appartient à aucune école, il invente un univers inspiré, oscillant avec bonheur entre figure et abstraction.
Mais il compte de nombreux autres talents. Auteur de sculptures puissantes, monumentales, il a la passion de transposer et d'imaginer des compositions textiles aux matières chaleureuses, des bijoux et des objets, à la demande des musées ; également musicien émérite, Pasquier aurait pu s'accomplir aussi dans cette voie.

Avoir été choisi par Noël Pasquier pour participer à la réalisation de cet ouvrage constitue un sujet de fierté légitime pour le Groupe Monceau.

Front matter

The Groupe Monceau is very fortunate to have met Noël Pasquier and to have been involved in the preparation and the publishing of this book dedicated to his works. There are many reasons for it.

All those who know this artist appreciate his rich personality, his goodness of heart, his open-mindedness.
Noël Pasquier's values are shared by all the elected representatives of the associated mutual benefit insurance companies of the Groupe Monceau and by their members.

They greatly value his talents as a colourist and a plastic artist, his sense of the volumes and rhythm, the sureness of his drawing; his colour range includes many shades of blue of an incomparable depth. Noël Pasquier does not belong to any school, he invents a universe full of inspiration, oscillating skilfully between figuration and abstraction. But he also has many other talents. He made powerful monumental sculptures, and he has the passion for transposing and imaging textile compositions made of warm materials and for designing jewels and items on the request of museums. Also a highly skilled musician, Pasquier could have performed miracles in this art too.

Having been chosen by Noël Pasquier to take part in the making of this book gives a rightful sense of pride to the Groupe Monceau.

Prólogo

Para el Grupo Monceau ha sido una suerte haber conocido a Noël Pasquier y poder participar a la preparación y la edición de este libro dedicado a su obra. Múltiples son las razones.

Quienes conocen a este artista aprecian su extraordinaria personalidad, sus cualidades humanas, su mentalidad abierta.
Noël Pasquier es una persona de valores. Valores que son compartidos por el conjunto de mútuas de seguros asociadas del Grupo Monceau y sus societarios.

Estiman y admiran sus dotes de colorista y de artista plástico, su sentido del volumen y del ritmo, la determinación de su dibujo, la riqueza de su gama de azules de profundidad inigualable.
Noël Pasquier no pertenece a ninguna escuela, inventa un universo inspirado, que oscila acertadamente de la figura a la abstracción. Y posee muchos otros talentos. Autor de poderosas esculturas, monumentales, tiene la pasión de transponer y de imaginar composiciones textiles de materias cálidas, joyas y objetos, a petición de ciertos museos. Músico consumado, Pasquier habría podido realizarse también en este terreno.

El haber sido elegidos por Pasquier para participar a la realización de esta obra representa para el Grupo Monceau un enorme y legítimo orgullo.

Surmarin, huile sur toile, 54 x 65 cm, 1991

OPERA APERTA

« dans le texte moderne, le tressage des codes, des références, des constats détachés, des gestes anthologiques, multiplie la ligne écrite, non par la vertu de quelqu'appel métaphysique mais par le jeu d'une combinatoire qui s'ouvre dans l'espace entier du théâtre. »

"in modern texts, the weaving of the codes, the references, the detached records, the anthological gestures, multiplies the written line, not because of some metaphysical appeal but through a combinatorics which opens up in the whole space of drama."

"en el texto moderno, el entretejido de códigos, de referencias, de testimonios aislados, de gestos antológicos, multiplica la línea escrita, no en virtud de una especie de llamada metafísica sino por el juego de una combinatoria abierta al espacio entero del teatro."

Roland Barthes

Préface

Ici aujourd'hui, maintenant et au tout début du XXIe siècle, nous devons aussi, et peut-être même avant tout, tenir compte du rapport que nous entretenons avec les nouvelles façons de penser, de sentir, de voir et de comprendre le monde qui nous entoure. L'évolution de la société qui accompagne l'évolution des sciences et des techniques n'implique-t-elle pas d'autres manières d'être ? Et en conséquence le regard que nous portons sur notre présent et sur notre avenir ne détermine-t-il pas, rétrospectivement, une toute autre intelligence et une toute autre pensée de notre histoire ?

Here and now, at the very beginning of the 21st century, we also, and perhaps above all, have to take into consideration the relationship we have with the new ways of thinking, feeling, seeing and understanding the world around us. The evolution of the society which goes along with the evolution of science and techniques implies other ways of being. Consequently, the way we consider our present and our future determines, in retrospect, a totally different way of understanding and thinking our history.

Hoy, aquí y ahora, a inicios del siglo XXI, resulta inevitable, considerar la relación que mantenemos con las nuevas formas de pensar, sentir, ver y comprender el mundo que nos rodea. La evolución de la sociedad que acompaña a la evolución de las ciencias y la técnica ¿no implica otras maneras de ser? Y, en consecuencia, la mirada sobre el presente y el futuro ¿no determina, retrospectivamente, una inteligencia y un pensamiento de nuestra historia completamente distintos?

Bleu soleil, huile sur toile, 146 x 97 cm, 1997

Ainsi ce qui me frappe en revenant sur l'œuvre, aujourd'hui considérable, de Noël Pasquier, c'est l'étonnante et singulière familiarité que l'artiste entretient avec l'histoire de l'art moderne et contemporain et, par voie de conséquence, avec son art.

Né en 1941, Noël Pasquier n'a pas perdu de temps. Il est aujourd'hui dans la maturité d'une visée créatrice parvenue à son plus complet développement. Et il faut tenir compte dans cette perspective de ce qu'il en fut au cours de ces derrières années si l'on veut comprendre ce qui destine et caractérise son art ; si l'on veut comprendre ce que singulièrement son œuvre tend à nous faire découvrir.

What strikes me when I look back at Noël Pasquier's works, which has become considerable, is the surprising and remarkable familiarity the artist fosters with the history of modern and contemporary arts, and consequently, with his art.

Noël Pasquier was born in 1941 and he did not waste time. His creative designs have reached their fullest development and maturity. And we have to take into account from this angle what he was in the last few years in order to understand what are the destiny and characteristics of his art, in order to understand what singularly his work tends to make us discover.

Lo que más me llama la atención de la obra, hoy considerable, de Noël Pasquier, es la sorprendente y singular familiaridad que el artista mantiene con la historia del arte moderno y contemporáneo y en consecuencia con su arte.

Nacido en 1941, Noël Pasquier no ha perdido el tiempo. Hoy en la madurez de una mirada creativa que ha conseguido llegar a su completo desarrollo y cuya evolución a lo largo de estos últimos años hay que tener en cuenta si se quiere comprender lo que nos destina su arte, lo que lo caracteriza, si se quiere comprender lo que su obra tiende, en modo singular, a hacernos descubrir.

Au printemps 1995, visitant l'exposition que le musée de la Marine consacrait à Noël Pasquier, j'avais été frappé par l'ampleur, la multiplicité et la riche diversité de son œuvre. Je ne crois pas qu'un seul visiteur ait pu alors réellement assumer le parcours global du considérable ensemble d'œuvres qui constituait cette exposition. Je ne veux pas dire que chaque visiteur n'ait pas été, tour à tour arrêté, séduit et fasciné par telle et telle peinture, tapisserie, dessin, ou sculpture, bien au contraire. Pourtant ce qui, du geste créateur de l'ensemble (du tout à la partie), qualifiait proprement chaque pièce, réclamait un savoir et une ouverture, une liberté d'esprit vis-à-vis de ce savoir, trop vaste pour être appréhendé le temps d'une visite, si attentive fut-elle. Et de ce point de vue je peux dire que je dois beaucoup au fait que l'artiste ait bien voulu m'accompagner et éclairer ma rencontre avec l'ensemble de ce qu'il présentait.

In spring 1995, I visited the exhibition dedicated to Noël Pasquier in the museum of the Navy. I was struck by the scope, the multiplicity and the rich diversity of his work. I do not think any visitor was then able to really assume the global journey of the remarkable set of works which was displayed in this exhibition. I do not mean that not all visitors were in turn stopped, seduced, fascinated by such and such painting, tapestry, drawing or sculpture, quite the opposite. However, what qualified each piece of work in particular from the creative gesture of the collection (from the whole to the part), called for a knowledge and an open-mindedness towards this knowledge which was too vast to be apprehended during a single visit, however careful it was. And from this point of view, I must say I am greatly indebted to the artist for accompanying me and enlightening me about all his works displayed there.

En la primavera de 1995, durante una visita a la exposición que el Museo de la Marina dedicaba a Noël Pasquier, me impresionó la amplitud, la multiplicidad y la diversidad de su obra. No creo que ni uno sólo de todos los visitantes consiguiese realizar el recorrido global de ese considerable conjunto de obras que formaban la exposición. Con esto no quiero decir que los visitantes, uno por uno, no se hayan sentido sorprendidos, seducidos y fascinados ante tal pintura, tapiz, dibujo o escultura, sino, más bien, lo contrario. Y, sin embargo, lo que definía cada obra, del gesto creador del conjunto (del todo a la parte), requería un saber y una apertura de espíritu, demasiado vastos, para poder ser aprehendido en el tiempo que dura una visita, por mucho interés que se preste. Yo le debo enormemente al hecho de que el artista me acompañó en la visita de mi encuentro con su obra para ir aclarándome.

Nues, mixte sur toile, 100 x 100 cm, 2001

On pourrait penser que c'est tout naturellement qu'une exposition rétrospective, ou anthologique, tend à troubler et souvent à perdre ceux qui s'y aventurent. Mais il faut visiter les ateliers de Noël Pasquier en tenant compte de la multiplicité et de la diversité des œuvres que l'artiste réalise, pour comprendre que discrètement certes, mais incontestablement, cette exposition ne ressemblait à aucune autre dans la mesure d'abord, me semble-t-il, où elle tendait à constituer l'ensemble de l'œuvre de l'artiste comme « ouverture » *(Opera aperta)* dans la création « in progress » d'un vaste Atelier. Atelier devant ici être entendu au propre et au figuré, en reprenant le sens que le mot pouvait avoir à la Renaissance (l'Atelier se trouvait constitué de l'activité d'un maître, de ses élèves et de ses aides) mais en l'ouvrant sur l'ensemble de l'histoire de l'art moderne en activité, l'Atelier de Noël Pasquier constituant à tout moment son œuvre, de la globale mise en jeu de l'esprit et des formes de cette histoire.

One might think it is only natural that a retrospective or anthological exhibition might tend to disturb and confuse the visitors. But one should visit Noël Pasquier's studios taking into account the multiplicity and diversity of the artist's works in order to understand that, discretely but unquestionably, this exhibition is different from all the others insofar as, first, I think, it tended to make all the artist's works be the "overture" (Opera aperta) of the creation in progress of a vast Studio. Studio is here to be understood in both literal and figurative meanings, a meaning this word had in the Renaissance (a Studio was the work-room of a painter, his students and his assistants) completed by the whole history of modern art in activity, Pasquier's studio being at any time his work, from the global interaction of spirit and forms of this history.

Se podría pensar que es natural que los visitantes se encuentren confusos y perdidos en las exposiciones retrospectivas. Pero hay que visitar el estudio de Noël Pasquier, teniendo en cuenta la multiplicidad y diversidad de obras que el artista realiza, para comprender que, de forma discreta pero incontestable, esta exposición no se parece a ninguna otra, en la medida en que tiende a constituir el conjunto de la obra del artista como una "apertura" (Opera aperta) en la creación "in progress" de un vasto estudio de artista. "Estudio" en sentido propio y figurado, retomando el sentido que la palabra tenía en el Renacimiento, (el Estudio se constituía de la actividad de un maestro, sus alumnos y los ayudantes) pero abriéndolo al conjunto de la historia del arte moderno en actividad. El Estudio de Noël Pasquier constituye en todo momento su obra, la relación global entre la inspiración y las formas de esta historia.

Cascade, mixte sur toile, 70 x 70 cm, 1995

Ethnic, mixte sur toile, 100 x 100 cm, 2000

Ce qui incontestablement séduit et surprend lorsque l'on se trouve en présence d'un ensemble d'œuvres de cet artiste, c'est la variété, l'ampleur et la diversité des formes, du vocabulaire formel, qui constituent la partition, le clavier plastique de sa détermination artistique.

La critique (Geneviève Breerette dans *Le Monde*) a très généralement mis en évidence le mouvement qui semble très naturellement conduire l'art de Noël Pasquier de la figuration à l'abstraction et vice-versa. C'est déjà souligner l'aisance avec laquelle il considère et traite des mouvements et des positions esthétiques qui ont longtemps, et arbitrairement, été antagonistes. On a plus récemment constaté son étonnante, et non exclusive, familiarité aussi bien avec l'École de Paris qu'avec l'Art informel ou l'École de New York. Il faudrait ajouter sa capacité de comprendre la spontanéité et la libre ouverture d'une inspiration gestuelle dans la disposition d'une organisation modulaire. Et, pourquoi pas, une intelligence des structures géométriques (et sculpturales) susceptible d'assumer la tridimensionnalité de la picturalité, de la «facture» picturale.

What is surprising and appealing when watching a collection of works from this artist is unquestionably the variety, the scope and the diversity of the forms, of the formal vocabulary which make up the score and the plastic keyboard of his artistic determination.

Critics (Geneviève Breerette in *Le Monde*) usually emphasised the movement which very naturally seems to drive Noël Pasquier's art from figuration to abstraction and vice versa. It already stresses how easily he considers and treats movements and aesthetic positions which for a long time were arbitrarily antagonistic. More recently, his surprising and non-exclusive familiarity with the Parisian school as well as with Informal art or the New York school were recognised. We must also add his ability to understand the spontaneity and the free opening of a gestural inspiration in the layout of a modular organisation. And, why not, an understanding of the geometric (and sculptural) structures able to assume the three-dimensional characteristic of pictures, of the pictorial technique.

Incontestablemente, lo que seduce y sorprende del conjunto de la obra de este artista, es la variedad, la amplitud y la diversidad de las formas, del vocabulario formal, que componen su partitura, el teclado plástico de su determinación artística.

La crítica (Geneviève Breerette en "*Le Monde*") ha destacado, generalmente, el movimiento que parece conducir con gran naturalidad el arte de Noël Pasquier de la figuración a la abstracción y viceversa. Prueba de la soltura con la que considera y trata los movimientos y las posiciones estéticas que han sido durante tanto tiempo, y de forma arbitraria, antagonistas. Recientemente, se ha puesto de manifiesto su sorprendente, y no exclusivo, parentesco tanto con la Escuela de París como con el Arte informal o Escuela de Nueva York. A lo que habría que añadirse su capacidad para comprender la espontaneidad y la libertad de la inspiración gestual en la disposición de una organización modular. Y, ¿por qué no?, una inteligencia de las estructuras geométricas (y esculturales) capaz de asumir la tridimensionalidad de la picturalidad, de la "factura" pictural.

Empreintes, goudron sur papier, 70 x 50 cm, 1998

Empreinte, goudron sur papier, 70 x 50 cm, 1998

Je pense ici, plus particulièrement à cette *Sculpture,* ardoise et calcaire réalisée au tout début de 1998. Il n'y a d'ailleurs pas de raison pour ne pas également supposer que la sensibilité, la sensation et le sentiment de la nature qui lui ont inspiré tant de compositions plastiques ne puissent, si je puis dire, se convertir au service des technologies les plus modernes. Il déclare volontiers que « l'artiste de notre temps doit être autant inspiré par les matériaux traditionnels que par la technologie moderne ».

Il faut ainsi souligner les éléments propres à la culture et à l'histoire de l'art moderne et de l'art contemporain que joue et déjoue l'œuvre de Noël Pasquier. Mais il faut aussi, par la même occasion et en même temps, retenir que son œuvre n'est en aucune façon réductible aux divers mouvements et attitudes qui caractérisent cette histoire. Et il est à mon avis particulièrement important de remarquer que c'est justement de cette façon que cette œuvre se constitue dans sa contemporanéité, dans son temps, dans sa singularité.

I think in particular of this Sculpture of slate and limestone made at the very beginning of 1998. There is no reason not to suppose that sensitivity and the feeling of nature which have inspired him so many plastic compositions cannot, if I may say so, convert to the most modern technologies. He readily declares that "the artist of today must be inspired by traditional materials as well as by modern technology".

Therefore, it is important to emphasise the elements which belong to the culture and the history of modern and contemporary art that Noël Pasquier's work uses and frustrates. But it is also important to remember that his work can in no way be reduced to the various movements and attitudes which characterise this history. According to me, it is essential to note that it is precisely how this work is made up in its contemporaneousness, in its time, in its singularity.

Esto me hace pensar, en particular, a esa obra, Scuplture, pizarra y caliza realizada a principios de 1998. No existe razón alguna que nos impida suponer que la sensibilidad, la sensación y el sentimiento de la naturaleza que le han inspirado en tantas de sus composiciones plásticas no puedan convertirse, por así decirlo, y ponerse al servicio de las tecnologías más modernas. El mismo declara que "el artista de nuestro tiempo debe inspirarse tanto de los materiales tradicionales como de la tecnología moderna".

Así, debemos destacar los elementos propios a la cultura y a la historia del arte moderno y del arte contemporáneo con los que alterna la obra de Noël Pasquier. Pero, en la misma medida, hay que recordar que su obra no se puede reducir de ningún modo a los diversos movimientos y actitudes que caracterizan esta historia. Y, a mi entender, resulta particularmente importante subrayar que ésta es la manera en que esta obra se constituye en su contemporaneidad, en su tiempo, en su singularidad.

Si l'on considère la suite des mouvements, des écoles et des styles, dont incontestablement Noël Pasquier tient compte sans pour autant s'y fixer (Figuration / Abstraction / École de Paris / Art informel / École de New York, etc.), on ne peut pas ne pas constater que chacun d'eux, si important soit-il – et en fonction même de cette importance – tend à se refermer, plus ou moins dogmatiquement, sur lui-même. Or, de toute évidence, pour Noël Pasquier « être de son temps » et être présent, se situer en ce début du XXIe siècle, c'est ouvrir le temps à l'infinie diversité de ses possibilités, à la variété infinie des cultures (nationales, régionales), des images (proches et lointaines), des langues (familières et étrangères), des mondes (réels, fictifs et virtuels) qui constituent,désormais planétairement, l'univers du temps.

Et si une telle description semble trop abstraite et trop éloignée du caractère naturellement ludique de l'art de cet artiste, il suffit de revenir à son œuvre pour voir comment cette ouverture sur les virtualités de son propre temps s'éclaire.

If one considers the series of movements, schools and styles, which are unquestionably taken into consideration by Noël Pasquier though he does not remain attached to them (Figuration / Abstract Art / School of New York, etc.), one cannot fail to remark that each of them, no matter how important it is – and even proportionally to its importance – tends to close up more or less dogmatically on itself. But, obviously, according to Noël Pasquier, to "move with times" and to be present, to take place in this early stage of the 21st century, is opening the time to the infinite variety of its possible, to the infinite variety of cultures (national, regional), of images (close and distant), of languages (colloquial and foreign), of worlds (real, virtual and imaginary) which, from now on, constitute the universe of time on the planetary scale.

And if such a description seems too abstract and too far apart from the naturally play character of this artist's art, one only has to refer to his work to see how this opening on the virtualities of his own time becomes clear.

Considerando los movimientos, las escuelas, y los estilos de los que Noël Pasquier se nutre, sin por ello limitarse a ninguno de ellos, (Figuración, Abstracción, Escuela de París, Arte infomal, Escuela de Nueva York, etc.) advertimos que, todos ellos, por importantes que sean, e incluso en función de esa misma importancia, tienden a cerrarse sobre sí mismos, de manera más o menos dogmática. Y, resulta evidente que, para Noël Pasquier "ir con su tiempo" y estar presente, situarse, en el inicio del siglo XXI, es abrir el tiempo a la infinita dimensión de sus posibilidades, a la variedad infinita de las culturas (nacionales, regionales), de imágenes (próximas y lejanas), de lenguas (familiares y extranjeras), de los mundos (reales, ficticios y virtuales), que constituyen, de ahora en adelante, de forma planetaria, el universo del tiempo.

Y si tal descripción parece demasiado abstracta y alejada del carácter naturalmente lúdico del arte de este artista, basta con volver la mirada hacia su obra para ver como esta apertura a las virtualidades de su tiempo se esclarece.

Sud, diptyque, mixte sur toile, 100 x 100 cm (x 2), 2000

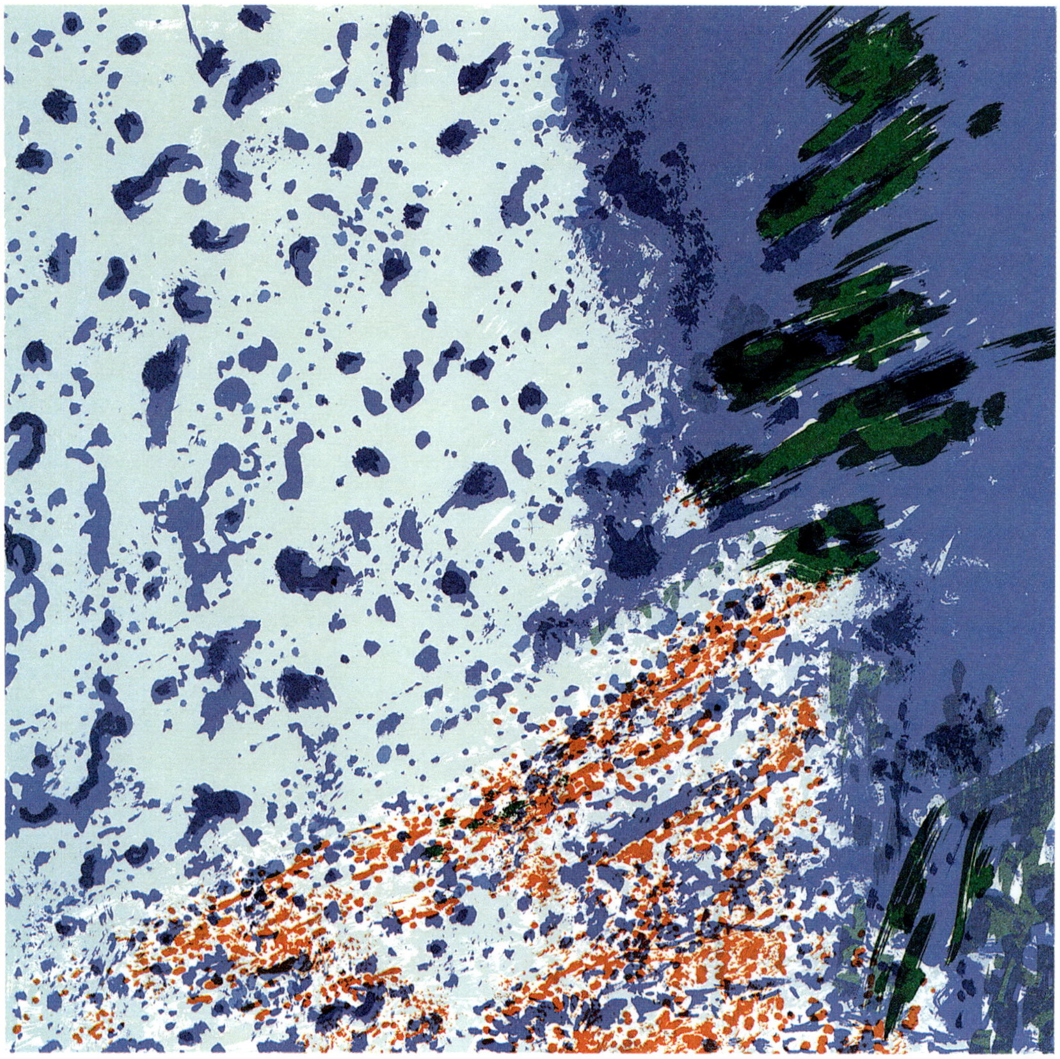

Pluie d'été, estampe, 30 x 30 cm, 2000

Oiseau de feu, mixte sur toile, 35 x 35 cm, 1995

Feu bleu, mixte sur toile, 35 x 35 cm, 1994

Les réalisations d'œuvres monumentales, et au meilleur sens du mot, décoratives, comme le mural de marbre géant de la Tour Montparnasse, les fresques de quelque 4000 m² de Suresnes, le vaste mur peint en gare du TGV-Atlantique de Rennes, ou tel considérable ensemble de sculptures, témoignent d'une conscience exotérique et dynamique de l'homme concrètement impliqué dans l'ouverture poétique du déploiement de son univers, de sa cité. Comme, d'autre part, la riche et vaste collection de tapisseries dont il est l'auteur et les peintures inspirées par une expérience existentielle du paysage littoral, de la frontière entre la terre et l'eau, témoignent de la présence d'une sensibilité plus irritée, mais pas moins ouverte, du même homme, à la vie et à la nature quotidienne des êtres et des choses dans leur *retrait*.

Making monumental and decorative (in the best meaning of the term) works, such as the giant marble mural of the Tour Montparnasse, the 4000sq.m frescoes, the vast painted wall in the TGV station of Rennes, or such-and-such considerable amount of sculptures, indicate an exoteric and dynamic conscience of a man involved in concrete terms in the poetic opening of the display of his universe, of his city. Similarly, the rich and huge collection of tapestries he made, and the paintings which were inspired by an existential experience of the coastal landscape, of the border between land and water, indicate a sensitivity more irritated but not less open, of the same man, towards life and the daily nature of beings and things in their *withdrawal*.

La realización de obras monumentales y, en el mejor sentido de la palabra, decorativas, como el mural de mármol gigante de la Tour Montparnase, los frescos de unos 4000 m² de Suresnes, la vasta pintura mural de la estación de TGV-Atlantique de Rennes o ese considerable conjunto de esculturas que ha realizado, son el testimonio de la conciencia exotérica y dinámica del hombre implicado concretamente en la apertura política del despliegue de su universo, de su urbe. Como, por su parte, la rica y vasta colección de tapices que ha realizado y las pinturas inspiradas de una experiencia existencial del paisaje litoral, de la frontera entre la tierra y el agua, ponen de manifiesto la presencia de una sensibilidad irritada, pero no menos abierta de ese mismo hombre, por la vida y la naturaleza cotidianas de los seres y las cosas en su *intimidad*.

Trou-bleu, mixte sur toile, 35 x 35 cm, 1995

Étrave, mixte sur toile, 35 x 35 cm, 1995

Le jour après la nuit, diptyque, mixte sur toile, 90 x 90 cm (x 2), 1996

De l'un à l'autre, du plus monumental au plus familier, du public au privé, l'œuvre se déploie dans une impressionnante et foisonnante créativité sur le clavier des figures, des formes, des styles et des matières (des matériaux). L'accueil sympathique, spontanément bienveillant qu'elle réserve sans exclusive à la diversité du monde, lui vaut pourrait-on dire tout naturellement d'attirer et de faire éclore les qualités somnolentes et la puissance imaginative des matériaux et des techniques qui la constituent, en s'ouvrant à elle comme elle s'ouvre à eux.

Ainsi de l'ensemble à la partie (de l'ensemble de l'œuvre à cette sculpture *Séquence*, ardoises gravées, 22 x 75 cm, 1998, à cette peinture *Les Iles*, mixte sur toile, 100 x 100 cm, 1993, à ce textile *Enjeu*, 95 x 143 cm, 1990...) l'art de Noël Pasquier se trouve habité par un bonheur, une disposition, un charme accueillant très spontanément qui veut bien l'accueillir.

From one to the other, from the most monumental to the most common, from the public to the private, the work spreads out in an impressive and swarming creativity on the keyboard of the figures, the forms, the styles and the matters (the materials). The warm welcoming, spontaneously kind, it saves for the diversity of the world without any distinction costs it, one may say naturally, to attract and draw forth the sleepy qualities and the imaginative strength of the materials and the techniques which constitute the work, opening to it as it opens to them.

Thus, from the whole to the part (from the whole works to this sculpture *Séquence* (Sequence), engraved slates, 22x75 cm, 1998, to this painting *Les Iles* (Islands), mixed technique on canvas, 100x100 cm, 1993, to this textile *Enjeu* (Stake), 95x143 cm, 1990...), Noël Pasquier's art is inhabited by a source of happiness, a mood and a charm which welcome very spontaneously whoever is willing to welcome it.

De lo más monumental a lo más familiar, de lo público a lo privado, la obra se despliega en una impresionante y abundante creatividad sirviéndose del teclado de las figuras, las formas, estilos y materias (materiales). La simpática acogida, de espontánea benevolencia que ofrece sin reservas, a la diversidad del mundos basta, para atraer y provocar la eclosión de cualidades somnolientas y el poder imaginativo de los materiales y las técnicas que la constituyen, en una apertura mútua.

Así, del todo a la parte (del conjunto de la obra a esta escultura *Séquence*, pizarra grabada, 22x75 cm, 1998, a esa pintura *Les Iles*, obra mixta sobre lienzo, 100x100 cm, 1993, al lienzo *Enjeu*, 95x143 cm, 1990...), el arte de Noël Pasquier está habitado por la felicidad, una disposición, un encanto que acoge de forma espontánea a todo aquel que esté dispuesto a acogerlo.

Marcelin Pleynet

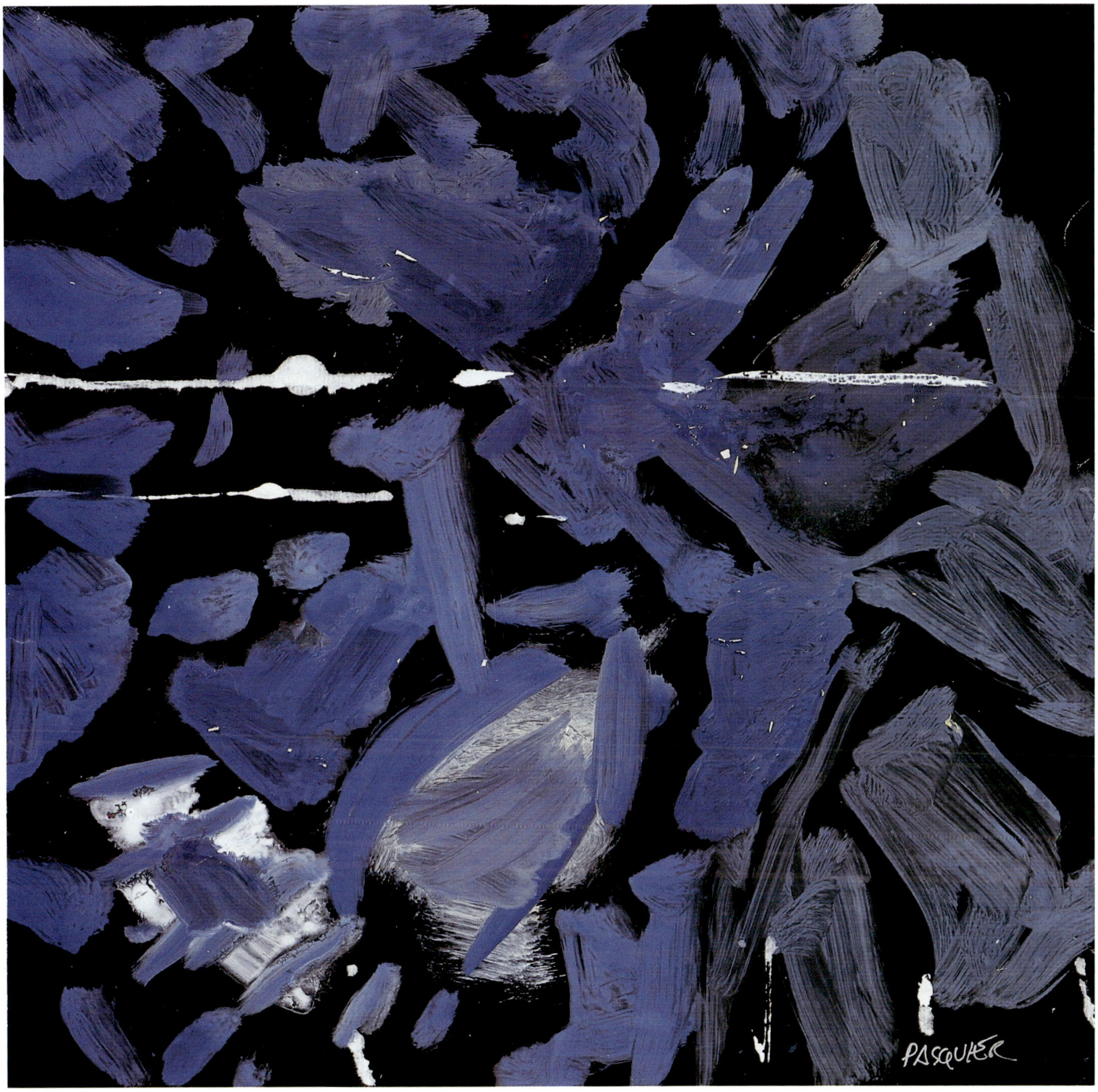

Orphée, mixte sur papier, 39 x 39 cm, 1994

Fleur, mixte sur toile, 30 x 30 cm, 2000

Gris-gris, mixte sur toile, 50 x 50 cm, 1996

Algues, mixte sur toile, 46 x 54 cm, 1997

« Pasquier, j'apprécie la dominante bleue – qui est ma
couleur – et la subtile architecture de vos compositions.
La valeur de votre œuvre est éclatante.
Elle appartient au domaine du silence.
J'admire, sans commentaires. »

"Pasquier, I love the dominating blue – my colour –
and the subtle architecture of your compositions.
Your work is brilliant. It belongs in silence.
I admire it, with no further commentary."

"Pasquier, me agrada ese dominio del azul – mi color –
y la sutil arquitectura de sus composiciones.
El valor de su obra es rutilante.
Pertenece al dominio del silencio.
Sin más comentarios, la admiro."

Michel Tournier

Empreinte, goudron sur papier, 70 x 50 cm, 1998

Empreinte, goudron sur plastique, 65 x 50 cm, 1998

Empreinte, mixte sur plastique, 65 x 50 cm, 1998

Empreinte, goudron sur papier, 70 x 50 cm, 1998

Sable gris, mixte sur toile, 50 x 50 cm, 1995

Un art en quête d'universalité

UN ART EN QUÊTE D'UNIVERSALITÉ

La peinture est faite de dualités qui sont à la fois antagonismes et connivences : le clair et l'obscur, le proche et le lointain, l'extérieur et l'intérieur... Ainsi fonctionnent les œuvres de Pasquier, au sein desquelles dialoguent par exemple le ciel et l'eau, ou bien la mer et le sable (c'est le titre d'une tapisserie de 1994) ou encore le feuillage et le soleil. L'artiste s'inscrit de la sorte très naturellement dans une tradition remontant au Quattrocento, dont les maîtres avaient inventé un système reposant sur l'alliance/opposition du sacré et du profane, de la clarté et du mystère, de la chair et de l'esprit... Il s'y inscrit avec des moyens résolument modernes : il n'est pas besoin d'être expert pour reconnaître dans son œuvre notamment l'héritage de l'abstraction lyrique et du paysagisme abstrait. Mais Noël Pasquier n'a jamais été et ne sera sans doute jamais un peintre purement abstrait : même les compositions monumentales où il excelle, et dont la vocation décorative est clairement assumée, s'enracinent dans la réalité : en tout premier lieu celle des rivages du Finistère qu'il aime parcourir depuis l'enfance.

AN ART IN SEARCH OF THE UNIVERSALITY

Painting is made of dualities, which are both antagonistic and connivent: the light and shade, closeness and remoteness, inside and outside... Pasquier's works are like that, with a dialogue between the sky and the water for instance, or the sea and the sand (it is the name of a tapestry made in 1994) or the leaves and the sun. In that way, the artist comes very naturally within the quattrocentist tradition: the masters had invented a system based on the alliance/opposition between the sacred and the profane, clarity and mystery, the flesh and the spirit... He comes within it with modern means: there is no need to be an expert to recognise in his work in particular the legacy of lyrical abstraction and abstract landscaping. But Noël Pasquier never was and doubtless never will be a purely abstract painter: even the monumental compositions he excels in, and the ornamental aim of which is clearly assumed, are deep-rooted in reality: above all in that of the shores of Finistère he likes to pace ever since his childhood.

UN ARTE EN BUSCA DE UNIVERSALIDAD

La pintura está hecha de dualidades que son a la vez antagonismos y connivencias: lo claro y lo oscuro, lo cercano y lo lejano, lo exterior y lo interior... Las obras de Pasquier funcionan de esa misma manera, en ellas dialogan el cielo y el agua, por ejemplo, o el mar y la arena (es el título de un tapiz de 1994) o el follaje y el sol. El artista se inscribe de forma natural en una tradición que remonta al Quattrocento, cuyos maestros habían inventado un sistema basado en la allianza/oposición de lo sagrado y lo profano, de la claridad y del misterio, de la carne y del espíritu... pero se inscribe en ella utilizando medios absolutamente modernos: no es necesario ser un experto para reconocer en su obra la herencia, en particular, de la abstracción lírica y del paisajismo abstracto. Sin embargo, Noël Pasquier no ha sido y nunca será un pintor puramente abstracto. Incluso las composiciones monumentales en las que destaca, y en las que la vocación decorativa están plenamente asumida, enraizadas en la realidad: en primer lugar la de las costas del Finisterre que tantas veces ha recorrido desde su infancia.

Ça-bleu, mixte sur toile, 40 x 40 cm, 1995

Contrepoint, mixte sur toile, 54 x 65 cm, 1992

Nuage, mixte sur toile, 80 x 80 cm, 1991

Monotype, technique mixte, 1998

Monotype, technique mixte, 1998

La Bretagne est sa terre d'origine. C'est là qu'il exposa pour la première fois, en 1965 à Brest. C'est là qu'il continue à venir chercher régulièrement les visions et les sensations qui nourrissent sa création. Cela dit, Noël Pasquier n'est en rien ce qu'on appelle un peintre régionaliste : si ce sont bien une terre, un océan, une culture, un peuple de l'extrême ouest européen qui déterminent son inspiration, sa peinture accède avec une grande aisance apparente à l'universalité du monde de l'art.

Brittany is his land of origin. His first exhibition took place in Brest in 1965. He regularly goes back there to collect the visions and the creations that nourish his creation. However, Noël Pasquier is not a regionalist painter: a land, an ocean, a culture, a people of the European far west certainly determine his inspiration, but his painting seems to attain very easily the universality of the world of art.

La Bretaña francesa es la tierra que le vió nacer y en donde expondrá por primera vez, en 1965 en Brest, y a donde vuelve regularmente para buscar las visiones y sensaciones de que que se alimenta su creación. A pesar de esto, Noël Pasquier no es lo que se puede llamar un pintor regionalista: aunque sean una tierra, un océano, una cultura, un pueblo del extremo oeste europeo los que determinan su inspiración, su pintura encaja con gran facilidad en la universalidad del mundo del arte.

Monotype, technique mixte, 1998

Point d'orgue, mixte sur toile, 54 x 65 cm, 1992

Passerelle, mixte sur toile, 54 x 65 cm, 1995

Mosaïc, diptyque, mixte sur papier, 100 x 100 cm (x 2), 2000

Ancre, mixte sur toile, 100 x 100 cm, 2001

Volute-Volupté, mixte sur toile, 100 x 100 cm, 2001

Sommeil, mixte sur toile, 100 x 100 cm, 2001

Falls, mixte sur toile, 195 x 130 cm, 2000

L'artiste indique lui-même qu'il a pris joie et peine à dessiner et faire réaliser plus de deux cents tapisseries dont certaines ont été exposées un peu partout dans le monde. Le monumental, les nouvelles technologies ne l'effraient pas davantage. Il a peint à lui seul tout un quartier de la ville de Suresnes (4000 m^2), dont les plafonds d'une rue couverte monumentale. Sa signature est gravée sur un mural géant en marbre dans la Tour Montparnasse, sur deux très grandes sculptures des autoroutes de la Côte d'Azur et à la nouvelle gare T.G.V. de Rennes. «Je crois que l'artiste de notre temps doit être aussi excité par des matériaux traditionnels que par la technologie actuelle, dit-il, tels le multimedia et les bornes interactives».

Oui, décidément, parce qu'elle s'inscrit dans l'universalité, l'œuvre de Noël Pasquier a le pouvoir de parler à chacun. À nous maintenant de la voir et de l'entendre.

The artist himself says he enjoyed and struggled drawing and having more than 200 tapestries made, of which some were displayed all over the world. He is not afraid of the monumental and the new technologies either. He painted a whole area of Suresnes (4000 sq.m) on his own, including the roof of a monumental covered street. His signature is engraved on a huge marble mural in the Tour Montparnasse, on two of the very big sculptures planted along the motorways in the French Riviera and in the new TGV train station of Rennes. "I think that the artist of today must be as excited by traditional materials than by modern technology, such as the multimedia and interactive terminals", he says. Indeed, because it comes within universality, Noël Pasquier's work has the power to talk to everyone. Now, it is up to us to see it and hear it.

Como el mismo artista indica, ha conjugado el placer y el esfuerzo en el diseño y dirección de la realización de más de doscientos tapices, algunos de las cuales han sido expuestos en todo el mundo. El arte monumental y las nuevas tecnologías tampoco le dan miedo. Ha pintado completamente solo todo un barrio de la ciudad de Suresnes (4000 m^2), incluidos los techos de una calle monumental cubierta. Su firma está grabada en un mural gigante de mármol en la Torre Montparnasse, en dos enormes esculturas en las autopistas de la Costa Azul y en la nueva estación de TGV en Rennes. "Creo que el artista de nuestro tiempo debe interesarse tanto por los materiales tradicionales como por la tecnología actual, como por ejemplo el multimedia y la interactividad". Sin duda, al estar inscrita en la universalidad, la obra de Nöel Pasquier tiene el poder de hablarle a todo el mundo. Ahora, de nosotros depende el verla y oirla.

Jean-Luc Chalumeau

Partir, diptyque, mixte sur toile, 100 x 100 cm (x 2), 2000

Glacier, mixte sur toile, 100 x 100 cm, 2001

Un geste vital

UN GESTE VITAL

Du peintre Noël Pasquier on connaît les caractéristiques, les caractéristiques techniques du talent, c'est-à-dire le trait et la couleur. Mais, en plus, il en possède aussi la typologie affective, le sentiment, la sentimentalité, et la grande énergie vitale de l'émotion. C'est ce qui donne à son œuvre, d'ailleurs, une diversité fondamentale, essentielle, et je dirais vitaliste.

Parlons du trait chez Pasquier : élément de l'écriture, le support essentiel, fondamental et primaire de l'image. Son trait s'apparente à une notion de base, qui est celle de la structure gestuelle.

A VITAL GESTURE

We know Noël Pasquier's characteristics, which are the technical characteristics of talent, that is line and colour. But he also has the affective typology, the feeling, the sentimentality and the great vital energy of emotion. Actually, this is what gives his work a fundamental, an essential, and I would even say a vitalistic diversity.

Let us talk about line in Pasquier's work: an element of writing, the essential, fundamental and basic support of images. His line has similarities to a basic notion, that of gestural structure.

UN GESTO VITAL

Del pintor Nöel Pasquier se conocen las características, las características técnicas del talento, es decir el trazo y el color. Pero además, posee también la tipología afectiva, el sentimiento, el sentimentalismo, y la enorme energia vital de la emoción. Lo que confiere a su obra una diversidad fundamental, esencial, que yo llamaría vitalista. Sobre el trazo de Pasquier: elemento de la escritura, el soporte esencial, fundamental y primario de la imagen. Su trazo está emparentado a una noción básica, la de la estructura gestual.

Blues, huile sur toile, 61 x 46 cm, 2001

PASQUIER

PASQUIER

Quatrain, quadriptyque, mixte sur toile, 60 x 60 cm (x 4), 1997

PASQUIER

Empreintes, goudron sur papier, 70 x 50 cm, 1998

Bleu, estampe, 30 x 30 cm, 2000

Le trait ? Je n'aime pas tellement employer ce terme chez Pasquier parce que, dans le fond, son intervention graphique — la modalité même de son écriture — survient dans un état d'esprit, un état d'âme si je puis dire, totalement différent de celui d'une écriture picturale classique, du dessinateur classique.

L'affirmation de l'écriture, chez cet artiste, est véritablement un phénomène de gestualité libre et structurelle. Toute son œuvre se détermine à partir de cette liberté gestuelle qui s'exerce tous azimuts ; et cette diversité en reflète précisément l'immense variété et la gamme extrêmement étendue de possibilités formelles.

Le geste, chez Pasquier, est arrachage, il est aussi frottage, comme dans la série d'empreintes dynamiques de goudron sur une feuille de plastique qui définit bien cette vitesse de la présence de la main sur la superficie de la feuille.

I do not like to use this term of "line" about Pasquier's work, because, really, his graphical intervention – his mode of writing, precisely – occurs in a state of mind, in a mood, if I may say so, totally different from that of standard pictorial writing, by a standard drawer.

Asserting his writing is, in this artist, truly a matter of free and structural gestuality. All his work determines itself from this all-out gestural freedom; and this diversity reflects precisely the huge variety and the very wide scope of formal possibilities.

In Pasquier, the gesture is pulling out, and rubbing, too, like in the series of dynamic tar tracks on a plastic sheet which characterises the speed of the hand on the surface of the sheet.

Trazo, quizás no sea el término adecuado al hablar de Pasquier, porque en el fondo, su intervención gráfica, la modalidad misma de su escritura, lo consigue gracias a una disposición, a un estado de ánimo, totalmente diferente al de la escritura pictural clásica, del dibujante clásico.

La afirmación de la escritura, en la obra de este artista, es fenómeno de una libertad gestual y estructural. Toda su obra está determinada por esta libertad gestual ejercida en todas sus posibilidades; y esta diversidad refleja precisamente la inmensa variedad y la gama extremadamente extensa de posibilidades formales.

El gesto, en la obra de Pasquier, es el desgarro, así como el frotado, como en la serie de huellas dinámicas de alquitrán realizadas sobre una hoja de plástico, material que nos permite apreciar claramente la velocidad de la mano sobre la superfície de la hoja.

Masque, estampe, 30 x 30 cm, 2000

Liminale, mixte sur toile, 100 x 73 cm, 1991

Le Mas, mixte sur toile, 54 x 65 cm, 1991

Polyphonie, mixte sur toile, 65 x 50 cm, 1991

Dans des œuvres qui apparaissent plus compliquées, ce que l'on pourrait appeler des toiles plus «construites», cette gestualité primaire et fondamentale se retrouve dans la stratification horizontale des surfaces de couleurs, qui se définit justement par une juxtaposition d'horizons différents à l'intérieur du même espace pictural.

Autre élément de cette gestualité structurelle : toute une série d'œuvres de Pasquier apparaissent comme de véritables disséminations d'éléments modulaires. Pour employer ou avoir recours à une métaphore un peu plus facile ou vernaculaire, si les œuvres de stratifications horizontales s'apparentent au geste du maçon, on peut dire que les œuvres disséminées s'apparentent au geste du semeur.

La gestualité libre qui est la caractéristique de l'informel parisien ou de l'action-painting américaine des années 50, Pasquier la projette dans son contexte pictural et dans les œuvres qui offrent une superficie plus construite et plus chargée ; cette gestualité libre s'exerce justement comme un phénomène d'action, c'est-à-dire dans le sens de la dé-construction et de la dé-structuration des volumes.

In works that look more complex, works that we may call more "constructed" canvasses, this basic and fundamental gestuality occurs in the horizontal stratification of the coloured surfaces, which is characterised precisely by a juxtaposition of different horizons inside the same pictorial space.

Another element of this structural gestuality: a whole series of Pasquier's works appear a real scattering of modular elements. To use a more simple or vernacular metaphor, the horizontal stratification works have similarities to the builder's gesture, whereas the disseminated works remind us of the sower's.

Pasquier casts the free gestuality, which is the main characteristic of the Paris informal and the American action-painting in the 1950's, into its pictorial context and into works that offer a more built and fuller area. This free gestuality performs precisely like an action phenomenon, that is in the meaning of de-construction and de-structuring of the volumes.

En otras obras que se revelan como más complicadas, lo que podríamos llamar lienzos más "construidos", esta gestualidad primaria y fundamental la encontramos en la estratificación horizontal de las superfícies de colores, que se define precisamente por una yuxtaposición de horizontes diferentes en el interior de un mismo espacio pictural.

Otro elemento de esta gestualidad estructural: toda una serie de obras de Pasquier que aparecen como verdaderas diseminaciones de elementos modulares. Empleando una metáfora vernácula y algo más sencilla, si las obras de estratificación horizontal están emparentadas al gesto del albañil, se podría decir que las obras en las que hay diseminación están emparentadas al gesto sel sembrador.

La libertad gestual que es la característica del arte informal parisino o de la action painting americana de los años 50, Pasquier la proyecta en su contexto pictural y en las obras que ofrecen una superfície más construida y más cargada; esta libertad del gesto se ejerce precisamente como un fenómeno de acción, es decir en el sentido de la "des-construcción" y de la "des-estructuración" de los volúmenes.

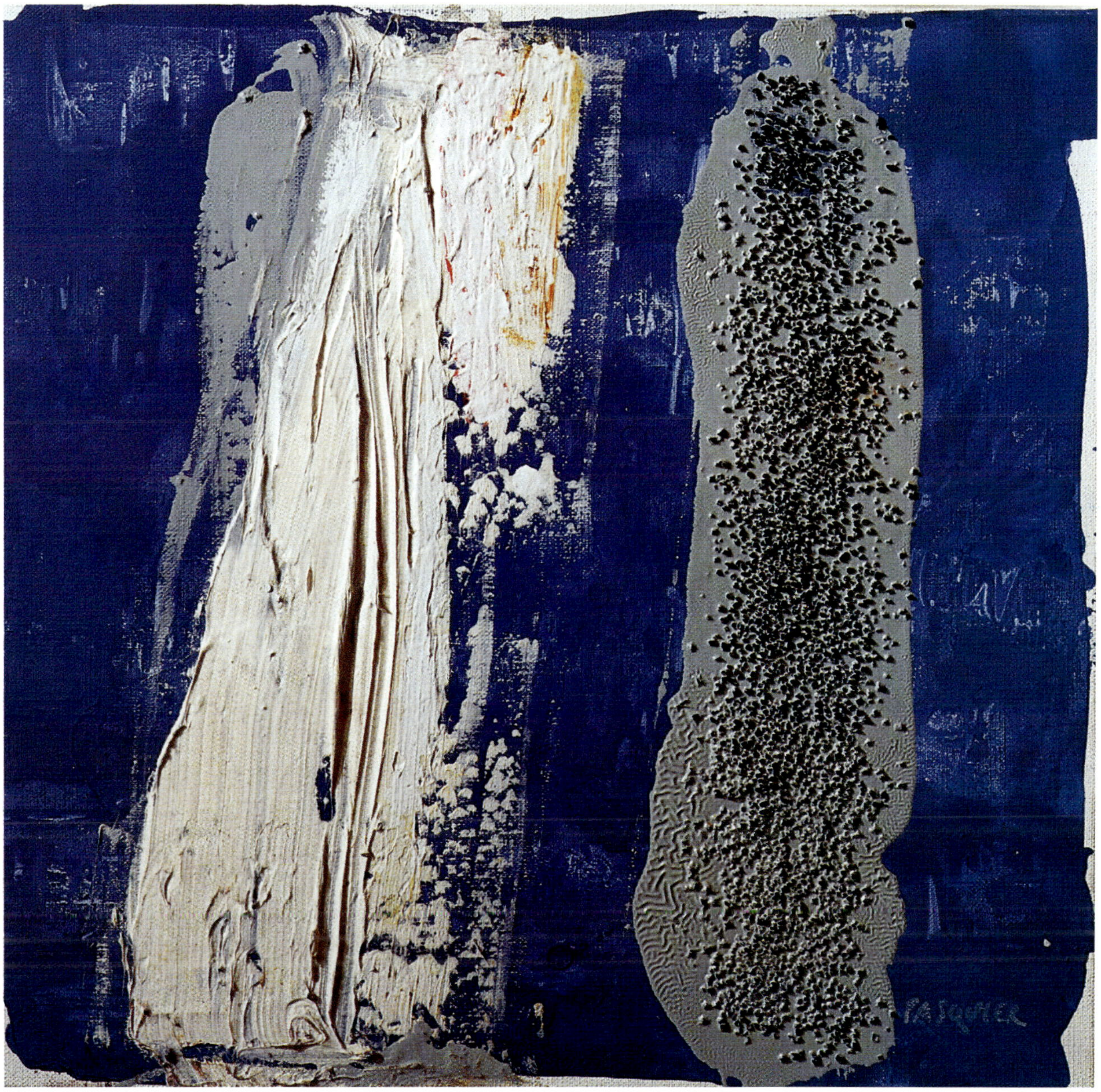

Rencontre, mixte sur toile, 40 x 40 cm, 1995

Bleu majeur
huile sur toile
97 x 146 cm, 1997

PASQUIER

Faille, mixte sur toile, 46 x 38 cm, 1995

Figures, mixte sur toile, 46 x 38 cm, 1995

News, mixte sur toile, 40 x 40 cm, 1995

Monotypes, technique mixte, 1997

Passe-temps, mixte sur toile, 100 x 100 cm, 2001

Odyssée, mixte sur toile, 100 x 100 cm, 2001

L'œuvre de Pasquier illustre cette vitalité poétique du geste pictural qui est l'équivalent en peinture de l'écriture automatique des surréalistes en littérature.

Je ne veux pas dire là que Noël Pasquier se réfère à l'imagination des surréalistes : son imagination est beaucoup plus primaire et fondamentale ; elle est essentielle, elle se réfère aux éléments naturels – à la mer, au ciel, à l'eau, de la Bretagne en particulier – mais aussi à la vitalité de la terre, et à sa puissance d'action, aux rêveries de l'immensité comme aux rêveries de la volonté.

Et c'est certainement à travers ce panorama affectif et sentimental que se définit la gamme chromatique de l'artiste.

Pasquier's work illustrates this poetic vitality of the pictorial gesture which is equivalent in painting to automatic writing in surrealist literature.

I do not mean that Pasquier refers to the surrealists' imagination: his imagination is more basic and fundamental, it is essential, referring to natural elements – the sea, the sky, the water, in Brittany in particular – but also to the vitality of the earth, its vehemence, to the dreams of immensity and the dreams of the will. And this affective and sentimental panorama certainly determines the artist's chromatic range.

There are two main areas of chromatic sensitivity in Pasquier: on the one hand, there is the sentimental blue, the blue of liberty in a free space, the blue of the sea, of the infinite in the light; and on the other hand, obviously a much more tectonic reference, there are the colours of the earth, the different shades of ochre, orange, black, which tangibly represent the idea of the rooting of the vital impulse in the created form, the *"Vulcanian forges"* for instance or the great metaphor of poetry in the will of the creative act.

La obra de Pasquier ilustra esta vitalidad poética del gesto pictural que es el equivalente en pintura de la escritura automática de los surrealistas en literatura.

Con esto no quiero decir que Pasquier se remita a la imaginación de los surrealistas: su imaginación es mucho más primaria y fundamental; es esencial, se remite a los elementos naturales, al mar, al cielo, al agua de la Bretaña francesa en particular, pero también a la vitalidad de la tierra, y a su potencial de acción, a las ensoñaciones de la inmensidad y a las ensoñaciones de la voluntad.

Y, sin duda, la gama cromática del artista se define a través de este panorama afectivo.

Hay dos grandes zonas de sensibilidad cromática en la obra de Pasquier: una, es el azul sentimental, el azul de la libertad en el espacio libre, el azul del mar, el azul del infinito en la luz y el otro, es evidentemente, una referencia mucho más tectónica, como son los colores de la tierra, ocres, anaranjados, negros, que representan la figuración tangible de la idea de enracinamiento del impulso vital, en la forma creada, *"la forja de Vulcano"* por ejemplo, o la gran metáfora de la poesía en la voluntad del acto creativo.

Belle-Ile, mixte sur toile, 100 x 100 cm, 2001

Tragédie, mixte sur toile, 100 x 100 cm, 2001

Puzzle, collage sur papier, 24 x 22 cm, 1998

Le Petit Prince, mixte sur panneau
25 x 26 cm, 1989

PASQUIER

PASQUIER

Mosaïc, mixte sur papier, 20 x 20 cm (x12), 1996

Il y a deux grandes zones de sensibilité chromatique chez Pasquier : l'une, c'est le bleu sentimental, le bleu de la liberté dans l'espace libre, le bleu de la mer, le bleu de l'infini dans la lumière, et l'autre, c'est évidemment une référence beaucoup plus tectonienne, ce sont les couleurs de la terre, les ocres, les orangés, les noirs, qui figurent tangiblement l'idée de l'enracinement de l'élan vital, dans la forme créée, *les forges de Vulcain* par exemple, ou la grande métaphore de la poésie dans la volonté de l'acte créateur.

La sculpture de Pasquier s'inscrit dans la logique intérieure et le prolongement direct de sa gestualité picturale. Ses sculptures, qui utilisent des matériaux très divers, de la pierre à la mosaïque et au métal, se présentent donc comme de véritables volumes gravés, aux éléments assemblés et structurés.

En fait, les sculptures et les installations de Pasquier sont comme des gestes, ou des assemblages de gestes, à trois dimensions. Et c'est justement cette importance structurelle et fondamentale de la gestualité que l'on retrouve dans les œuvres d'art public de cet artiste.

Pasquier's sculpture comes within the scope of the inside logic and the direct extension of his pictorial gestuality. His sculptures, which are made of various materials, ranging from stone to mosaic or metal, appear as real carved volumes made of assembled and structured elements.

In fact, Pasquier's sculptures and arrangements are like gestures, or an assembly of gestures in three dimensions. And it is precisely this structural and fundamental importance of gestuality which is to be found in Pasquier's public works of art.

In Pasquier, monumentality is of gestural origin and essence. In his big sculpture called *Le Roi des poissons* (The King of the Fish), in Sanary, which is made of stone and mosaic, the structure of the fish and of the other elements appears like the fixing of a gesture in the impetus of the fish, and this sculpture holds the charm of a giant Provençal Christmas figurine.

La escultura de Pasquier se inscribe en la lógica interior y la prolongación directa de su gestualidad pictural. Sus esculturas, que utilizan materiales muy diversos, desde la piedra al mosaico y al metal, se presentan como verdaderos volúmenes grabados, de elementos agregados y estructurados.

De hecho, las esculturas y las instalaciones de Pasquier es como si fuesen gestos, composiciones de gestos, en tres dimensiones. Y es precisamente esta importancia estructural y fundamental de la gestualidad lo que define las obras de arte público de este artista. La monumentalidad en la obra de Pasquier, tiene un origen y una esencia gestual. En la gran escultura titulada *El Rey de los peces* en Sanary, realizada en piedra y mosaico, la estructura misma del pez y de los elementos que intervienen se presenta como la fijación de un gesto en la progresión del pez y ésta tiene el encanto de un gigantesco santón de Provenza, figurilla de arcilla para decorar el Nacimiento, típica de esta región.

Eldorado, huile sur toile, 54 x 65 cm, 1991

PASQUCCA

Empreintes, goudron sur papier, 70 x 50 cm, 1998

La monumentalité chez Pasquier est d'origine et d'essence gestuelle. Dans sa grande sculpture intitulée *Le Roi des poissons* à Sanary, qui est faite de pierre et de mosaïque, la structure même du poisson et des éléments qui interviennent se présente comme la fixation d'un geste dans l'élan du poisson, et elle a le charme d'un gigantesque santon de Provence.
C'est cette espèce d'arrêt du temps sur une position dynamique qui crée la monumentalité interne des œuvres d'art public de Pasquier et nous restons toujours dans la suite logique de la structure opérationnelle de son langage.
D'autres exemples de cet art se réfèrent finalement toujours à la même gestualité : je pense à ses *Totems* de Bagneux, qui sont un ensemble de colonnes cylindriques en acier émaillé et qui, par leur placement, leur enfilade, leur positionnement répétitif, créent une véritable animation à la fois physique et visuelle.

This sort of stoppage of time on a dynamic position creates the internal monumentality of Pasquier's works of public art, and we remain in the logical result of the operational structure of his language.
Other examples of his art refer to the same gestuality. In particular, the *Totems*, in Bagneux, a row of cylindrical pillars in enamelled metal, the repetitive setting of which creates a real animation both physical and visual.
In another example of public art, the *Cigale* (The Cicada), in Saint-Maximin, installed along the northern part of the motorway to the Riviera, the problem is quite different. This giant insect seems to be treated with the maximum descriptive realism. In fact, the volumes seem more dynamic owing to the linear structure that surrounds them: the threadlike elytra, which are meant to animate with the wind and emit the famous chirr of the cicadas. We still remain in the scope of the gestuality of the artist's writing.

Es esta especie de interrupción del tiempo en posición dinámica lo que crea la monumentalidad interna de las obras de arte público de Pasquier y esto encaja perfectamente dentro de lo que sería la sucesión lógica de la estructura operacional de su lenguaje.
Otros ejemplos de este arte hacen, asimismo, referencia a esta misma gestualidad: es el caso de los *Totems* de Bagneux, conjunto de columnas cilíndricas de acero esmaltado y que, gracias a la forma en que están colocadas, en fila, por su posición repetitiva, crean un conjunto animado tanto físico y como visual.
En otro ejemplo de arte público, *La Cigarra* de Saint-Maximin, situado en el norte de la autopista de la Costa Azul, el problema parece algo diferente: un insecto gigante tratado con el máximo realismo descriptivo.

Page précédente : Alizés, mixte sur papier, 50 x 35 cm, 1998

Ys, mixte sur toile, 60 x 60 cm, 2001

Horizons, huile sur toile, 50 x 61 cm, 1996

A fleur d'eau, mixte sur toile, 35 x 35 cm (x4), 1994

Dans un autre exemple d'art public, *la Cigale* de Saint-Maximin, qui est placée dans la branche nord de l'autoroute de la Côte d'Azur, le problème paraît un peu différent : il s'agit d'un insecte géant qui semble être traité au maximum de son réalisme descriptif. En fait, les volumes sont dynamisés par une structure linéaire qui les entoure : les élytres filiformes, censés être animés au souffle du vent et émettre le fameux chant des cigales. Là encore, nous restons dans l'optique de la gestualité de l'écriture de l'artiste.

Cette écriture du geste libre explique l'aisance et la variété des matériaux employés par Pasquier. Dans le domaine bidimentionnel, il a recours à la toile, au papier, au plastique, au textile, à l'émail, avec toujours cette espèce de facilité dans l'exécution et dans la sensation du message qui est certainement due à un énorme pouvoir de vitalité.

La sculpture elle aussi, fondamentalement diverse dans ses matériaux, reflète encore une fois l'idée de volumes gravés dans l'optique de l'écriture gestuelle, et là, Pasquier a recours à l'ardoise, au marbre, à la mosaïque, au laiton, au bronze, à toutes les variétés de métal.

This writing of the free gesture explains the ease and the variety of the materials used by Pasquier. In the two-dimensional domain, he uses canvas, paper, plastic, fabric and enamel, always with this form of facility in the making and the feeling of the message which is certainly due to an enormous vital power.

A great number of various materials are used to make the sculptures too, and this diversity reflects once again the idea of volumes engraved in the scope of gestural writing. Pasquier uses slate, marble, mosaic, brass, bronze, and all sorts of metal.

We have seen in his work a sort of panorama of an expressive approach linked to the vital intensity of the physical gesture, a gesture which cannot be codified into a writing form but which expresses itself impulsively and expansively.

Los volúmenes están dinamizados por una estructura lineal que los rodea: los élitros filiformes, pensados para que el viento los mueva y de esta manera imiten el sonido del conocido canto de las cigarras. También en este caso se sigue la óptica de la gestualidad de la escritura del artista.

Esta escritura del gesto explica la variedad y la perfecta adecuación de los materiales que emplea Pasquier. En cuanto al soporte bidimensional, se sirve del lienzo, el papel, el plástico, el tejido, del esmalte, siempre con esa misma facilidad de ejecución y de sensación del mensaje que es debida, sin duda, a una enorme vitalidad.

La escultura, realizada en materiales tan diversos, refleja una vez más la idea de volúmenes grabados según la óptica de la escritura gestual, para ello, Pasquier recurre a la pizarra, al mármol, al mosaico, al latón, al bronce, a todas las variedades de metal.

Surf, mixte sur toile, 54 x 65 cm, 1996

Ombre bleue, mixte sur toile, 81 x 100 cm, 1998

Celtic, mixte sur toile, 100 x 100 cm, 1998

Celtica, mixte sur toile, 100 x 100 cm, 2001

Nous avons donc, dans son œuvre, comme le panorama d'une démarche expressive liée à l'intensité vitale du geste physique, ce geste qui ne se codifie pas en une calligraphie, mais s'exprime de façon impulsive et expansive.
L'écriture de Pasquier est naturellement et spontanément structurelle. C'est ce qui explique combien ses formes peintes se traduisent avec une très grande intensité dans le textile ou la tapisserie. Au lieu de perdre de leur force vitale dans la transposition textile, très souvent ses images sont impliquées par la substance même du matériau et en traduisent toutes les possibilités physiques.

Pasquier's writing is naturally and spontaneously structural. This explains how his painted forms are expressed very intensely in textile art or tapestry. Instead of loosing their vital strength in the textile transposition, very often his images are implied by the own substance of the material and they express all its physical possibilities.

Su obra refleja todo el panorama de un método expresivo ligado a la intensidad vital del gesto físico, un gesto que no se codifica en una caligrafia, sino que se expresa de forma impulsiva y expansiva.
La escritura de Pasquier es natural y espontáneamente estructural. Esto explica la facilidad con que sus formas pintadas se traducen con gran intensidad al soporte textíl o la tapiz. En lugar de perder su fuerza vital al transponerlas al tejido, a menudo, estas imágenes están ya implicadas en la sustancia misma del material, traduciendo todas las posibilidades físicas del mismo.

Graffitis, mixte sur toile, 61 x 51 cm, 2000

Gaia, mixte sur toile, 50 x 50 cm (x4), 1999

Je pense que l'exposition de Noël Pasquier à la Monnaie de Paris rend de façon précise, indiscutable, je voudrais dire presque systématique, cet élément fondamental de diversification, de diversité, de variété, de changement, dans l'activité poétique du peintre. Ce changement, cette diversité dans les supports, traduisent un grand amour de la vie.

Et dans le fond, la vie, Pasquier l'aime, l'aime comme une référence primordiale et essentielle qui motive et qui justifie l'ampleur de son élan créateur.

Le geste de Pasquier, c'est la signature de son amour de la vie.

I think that Noël Pasquier's exhibition at the Hôtel de la Monnaie in Paris represents very precisely, indisputably and I am tempted to say almost systematically this fundamental element of diversification, diversity, variety, change in the poetic activity of the painter. This change and this diversity in the supports express a great love of life.

And Pasquier loves life, he loves it like a primordial and essential reference which motivates and justifies the extent of his creative vigour.

Pasquier's gesture is the signature of his love for life.

Creo que la exposición de Nöel Pasquier en el Museo de la Moneda de París muestra de forma precisa e indiscutible, y yo diría casi sistemática, este elemento fundamental de diversificación, de diversidad, de variedad, de cambio, en la actividad poética del pintor. Este cambio, esta diversidad de soportes, traducen un gran amor por la vida.

Y como fondo, una vida que Pasquier ama como una referencia primordial y esencial que motiva y justifica la vastedad de su impulso creativo.

El gesto de Pasquier, es la firma de su amor a la vida.

Pierre Restany

Propos d'atelier,
Studio Talk, Charla de estudio.

1/99

Séquence bleu, sérigraphie, 50 x 65 cm, 2000

PASQUIER

Sans titre, tempera, 1998

Glacier, estampe, 30 x 30 cm, 2000

Eclosion, estampe, 30 x 30 cm, 2000

Biographie

PRINCIPALES EXPOSITIONS PERSONNELLES
MAIN PERSONAL EXHIBITIONS
PRINCIPALES EXPOSICIONES PERSONALES

1965 Galerie Saluden, Brest

1966 Breton Center, Londres
Galerie La Proue, Rennes

1967 Galerie Wacker, Chicago
Centre Élysées Bretagne, Paris

1968 Galerie Rond-Point Élysées, Paris

1970 Société Générale, Paris

1973 Fondation de France, Paris

1974 Festival International, (Québec)

1990 Galerie MF, Paris
Galerie Arichi, Paris

1991 Espace Laser, Paris
Galerie Flaminia, Verbier (Suisse)

1992-93 Galerie Castille, Paris

1993 La Coupole, Montparnasse, Paris
Espace L'Harmattan, Paris

1994 Musée de Brunoy, Ile-de-France
Galerie I. E. S. A., Paris

1995 Musée de la Marine, rétrospective, Paris
Espace Arjomari, Paris
Festival Français, Singapour

1996 Galerie Janine Rubiez, Beyrouth
Conseil général, Beauvais
Galerie de Môtiers (Suisse)

1997 Espace Aubusson, Paris

1998 Château de Felletin, Aubusson
Palais de l'Unesco, Paris

1998-99 Monnaie de Paris, rétrospective

2000 "Pasquier/Paris-New York" :
Publicis-Champs-Élysées, Paris
French Institute/FIAF, New York

2001 Galerie Brasil, São Paulo
Consulat général de France, New York
Musée de Beauvais
Centre d'Art et de Culture / Musée, Meudon
Musée de Tende

2002 Centre d'Art Passerelle, Brest
Société Générale, Paris-La Défense

2003 Galerie Nichido, Paris
Musée national des Beaux-arts, Budapest

PRINCIPALES EXPOSITIONS COLLECTIVES
MAIN COLLECTIVE EXHIBITIONS
PRINCIPALES EXPOSICIONES COLECTIVAS

1966 Musée de Conflans

1967 Galerie Rond-Point Élysées, Paris

1967 à 95 Société des Artistes Décorateurs, Grand Palais, Paris

1970 "Bilan du 1%" Halles de Baltard, Paris

1971-72 Galerie Isetan, Tokyo

1975 Biennale de Menton

1978 Musées de Stuttgart, Mayence, Düsseldorf, Berlin
Source Gallery, San Francisco
Palais des Rois de Majorque, Perpignan

1979 Arelis, Los Angeles
National Academy, Washington
"Vivante Tapisserie Française", Grand Palais, Paris

1980 ARTEXPO, Dallas
SEMA, Monnaie de Paris
Bibliothèque Forney, Hôtel de Sens, Paris
Centre Français des Arts Graphiques et de la Tapisserie, Paris
"Textil Art", Pittsburg
Galerie Sin'Paora, Paris
Galerie Strafor, Paris

1981 Art Source Gallery, Chicago

1981-88 Arelis, Cité Internationale des Arts, Paris

1982 Musée de Montpellier
Galerie La Demeure, Paris
Galerie Strafor, Paris
Centre culturel de l'Aérospatiale, Toulouse

1983 "Expo 83", rue Berryer, Paris
"20 ans d'Atelier Dupuis", Musée de Menton
Fondation ARPAC, Lunel

1983-84 Musée du Luxembourg, Paris

1984 Palais municipal, Crémone (Italie)
Galerie Spinnstube, Bienne, (Suisse)
"Tapisserie Contemporaine", Bourges
Galerie Printemps Ginza, Tokyo

1985 Galerie Hankyu, Tokyo
Chapelle des Annonciades, Pontarlier

1986 SEMA, Monnaie de Paris

1987 "Itinéraires 87", Cité Internationale des Arts, Paris
Tapisserie contemporaine, Grand Palais, Paris

1988 "De main de Maître", Grand Palais, Paris
Fondation Maeght, Musée de Mougins
Villa Marie, Fréjus

1989 Palais de l'Unesco, Paris
Air France, Paris

1990-95 13e art, DRAC, F.I.A.C.R.E., Paris

1991 Art Jonction International, Nice
Biennale d'Art contemporain, Lyon
Couvent des Cordeliers, Paris

1992 Bibliothèque nationale, Paris

1993 "La Fureur de lire", Bibliothèque nationale, Paris
FIAC, Grand Palais, Paris
Parvi, Spadem, Paris
Palais des Festivals, Cannes
Espace Kronenbourg, Paris
Musée de la Poste, Paris
Gare Pasteur-Montparnasse, Paris

1994 "Art-Lycées", Région Ile-de-France
FIDEM, musée de Budapest
Chapelle de la Salpêtrière, Paris
Europ'Art, Genève
Foire de Dusseldorf
Galerie Namy-Caulier, Paris
Musée de la Poste, Paris
Galerie Castille, Paris
"Découvertes", FIAC- Saga, Paris
Galerie Arichi, Paris
Musée de Beauvais
Palais de l'Unesco, Paris

1995 Fondation COPRIM, Paris
DOMOTEX, Hanovre
Musée des Andelys
SAD, Beyrouth
Galerie Phal, Paris

1996 Bibliothèque nationale de France, site Mitterrand, Paris
Public Library, New York
Biennale Internationale de la Tapisserie, Beauvais

1997 "Aubusson", chapelle de la Sorbonne, Paris

1997-98 Galerie Claudine Lustman, Paris
"Grands et Jeunes d'aujourd'hui", Paris

1998 ART FAIR, Shanghai
Espace Ricard, Paris
Galerie Arichi, Paris
Art textile, Boston
Abbatiale de Payerne et Prangins, Suisse
FIDEM, Amsterdam

1998-99 ART FAIR, Shanghai

1999 Palais des Congrès, Paris
"Hommage à B. Anthonioz", couvent des Cordeliers, Paris

2000 Ambassade de Suisse, Paris
Salon de Mars, Genève
Espace Belleville, Paris

2001 Espace éthique, Hôpital Saint-Louis, Paris
Holon/ Tel-Aviv
Musée de la Poste, Paris
Fondation COLAS, Palais des Congrès, Paris

2002 SIMAA, Beyrouth

2003 Galerie Brasil, São Paulo

PRINCIPALES ACQUISITIONS
MAIN ACQUISITIONS
PRINCIPALES ACQUISITIONS

Musées :
Épinal, Saint-Brieuc, Sofia (Bulgarie)
Tillburg (Pays-Bas)
Bibliothèques et artothèques :
Brest, Évreux, Nantes, Rennes
Ambassades de France : Hong-Kong, Manille, Stockholm
Consulat général : Sydney
Ville de Paris
Groupe Monceau
Groupe Caisse des Dépôts (GIC, SCIC)
Air France
Société Générale
Institut du Monde Arabe, Paris
Renault
ELF Aquitaine, La Défense
Esso, Technip
Scetauroute
Lion's Club International (Finlande)
Carnegie, France
Gras Savoye

PRINCIPALES ŒUVRES MONUMENTALES
MAIN MONUMENTAL WORKS
PRINCIPALES OBRAS MONUMENTALES

Fresques / Frescoes / Frescos
Ministère de l'Éducation nationale
SNCF gare TGV, Rennes (150 m^2)
Télécom Tuileries, Paris (4000 m^2)
Rue Emile-Zola (rue couverte), Suresnes (4000 m^2)
Publicis Champs-Élysées, Paris
Banques Populaires, Paris
CNRO, Paris
RIVP
Collège Picasso, Montesson
La Poste, Quimper
OSI S.A., Saint-Quentin-en-Yvelines

Tapisseries / Tapestries / Tapices
Collection du Mobilier national, Aubusson, Angers, Cogolin, At.Dupuis
Ministère des Finances, Paris-Bercy
Ministère de l'Équipement
Cité Administrative, Rennes
EDF, siège social, Paris
Faculté de médecine, Brest
Palais de justice, La Roche-sur-Yon
Hôtel du Département, Nanterre
Commission des Opérations de Bourse, Paris
Hôtel des Impôts, Bernay
BNP, Paris et New York
Caisse nationale de Crédit Agricole, Paris
Conseil général des Côtes d'Armor, Saint-Brieuc
CEPME
Cofiroute
Sony-France
Aéroports de Paris
T.W.A., Aéroport de Roissy /CDG

Sculptures / Sculptures / Esculturas
Tour Montparnasse, Paris
Autoroute Côte d'Azur Escota
Église des Épinettes, Paris
Oratoire des Franciscaines, Paris
Tour BP, Paris-la-Défense
EPA, Marne-la-Vallée
Lycée de Maisons-Alfort
Lycée de Franconville, Région Ile-de-France
Centre International d'Étude des Langues, Brest, Le Relecq-Kerhuon
EPI

Laves émaillées, vitraux / Enamelled lava, stained-glass windows / Lavas esmaltadas, vidrieras
Maison de la Culture, le Quartz, Brest
Dassault Systèmes, Bréguet Constructions
F. I. A. P. "Jean Monnet", Paris
Piscines : Saint-Brieuc, Cachan
Mosaïques : Lenola (Italie), Nogent-le-Rotrou

PRINCIPALES VENTES PUBLIQUES
MAIN PUBLIC SALES
PRINCIPALES VENTAS PÚBLICAS

Drouot, Paris
Drouot-Montaigne, Paris
Neuilly, Cannes, Chicago
Amnesty International
AIDES

ÉDITIONS D'ART ET DE BIBLIOGRAPHIES LITHOGRAPHIES ET ILLUSTRATIONS
ART PUBLISHING AND BIBLIOGRAPHIES LITHOGRAPHS AND ILLUSTRATIONS
EDICIONES ARTÍSTICAS Y BIBLIOGRAFICAS LITHOGRAFÍAS E ILUSTRACIONES

Albin Michel, Bellini, Cercle du bibliophile, Cercle Européen du Livre, Fragments Editions, Grapholith, Hachette, Hosszu, At. Linart, Alain Moreau, Pauvert, Jean Picollec, At. Pons, Rombaldi

Apollinaire, Georges Bataille, Pierre Benoit, Diderot, Genevoix, Hemingway, Per Jakez Hélias, Le Quintrec, Mac-Orlan, Maupassant, Queffélec, Jean Rostand

Timbres d'Art, Télécartes, Editions / Art stamps, phonecards, Editions / Sellos artíticos, tarjetas telephonicas, Ediciones
France Télécom
Chambre de Commerce et d'Industrie de Paris, AXA, Crédit Foncier de France, Compagnie Générale des Eaux, Dauphin, DMC, EAC, Enfance et Partage, GPA, Imétal, Kodak, Métaleurop, Philips, Sogea, Sogecap, Thomson, UAP, UNICEF/New York

Création de logotypes / Logocreation / Creatión de logotypos
Société Générale
Fondation de France

MÉDAILLES-OBJETS / MEDALS MEDALLAS-OBJECTOS
Monnaie de Paris, Amis du Musée d'Art Moderne de la Ville de Paris, Officiel Des Musées, Alcara, Arthus-Bertrand, ADP, AstraZeneca, Banques Populaires, D.G.I, Laphal, Société Générale.

ŒUVRES EN DÉPÔT / IN TRUST WORKS OBRAS EN DEPÓSITO
Ministère de la Culture
Centre national d'art et de culture, Georges Pompidou/CCI
Bibliothèque nationale
Public Library, New York
FIAF, New York
Musée Kasama Nichido (Japon)

PERFORMANCES / PERFORMANCES / PERFORMANCES
1967-70 Festival d'Art Total, fondé par Pasquier
1992-93 Festival du Vent, Calvi, PhotoGRAPHISMES
1995 Maison de Radio-France, Paris

PRINCIPALES DISTINCTIONS / MAIN DISTINCTIONS PRINCIPALES DISTINCIONES
1965-66 Atelier à la Cité Internationale des Arts, Paris
1965 Prix Esso
1966 Grand Prix de peinture de la Seine
1972 Prix EDF
1994 Prix Fondation Colas
1994 Prix de la Biennale Internationale de Tapisserie, Beauvais

REPORTAGES / REPORTS / REPORTAJES
TF1, France 2, France 3, Paris Première, Paris TV Câble, AFP, Borne interactive multimédia par FUTURI média

MONOGRAPHIES, PRÉFACES ET ARTICLES / MONOGRAPHIES, FORWARDS AND ARTICLES / MONOGRAPHÍAS, PREFACIO E ARTICULOS
H. Bellet, G. Breerette, M. Carbonnet, J.-L. Chalumeau, G. Chouraqui, S. Gainsbourg, X. Grall, D. Hamon, Y. le Pichon, Ch. Le Quintrec, I. Ortizar, J.-L. Pinte, M. Pleynet, S. Prédine, P. Restany, M. Tournier, G. Xuriguera

Sable océan, huile sur toile, 54 x 65 cm, 1975

Nous tenons à remercier tout particulièrement

le Groupe Monceau

pour la réalisation de cet ouvrage

Groupe
MONCEAU

Conception graphique - Design : Serge MISEREZ
Coordination éditoriale - Editorial coordination : Hélène JOUBERT
Crédits photographiques - Photos : Isabelle DANSAERT,
Pascal HINOUS, Jean PERIER, Thierry PRAT
Traduction - Translation : Claire ROCHE, Imma CORRAL
Photogravure - Photoengraving : Publi-Action/IGARA
Imprimé en France - Printed in France
Dépôt légal : Mai 2001

5, rue de Charonne - 75011 PARIS - FRANCE
WEB : fragmentseditions.com
E-Mail : art@fragmentseditions.com
ISBN : 2-912964-15-6

par lienhart Achevé d'imprimer
en mai 2001
IMPRIMERIE LIENHART
à Aubenas d'Ardèche

Dépôt légal mai 2001
N° d'imprimeur : 3167
Printed in France